城中书

周荣桥 著

四川文艺出版社

图书在版编目（CIP）数据

城中书 / 周荣桥著. — 2版. — 成都：四川文艺
出版社，2019.4
ISBN 978-7-5411-5354-9

Ⅰ. ①城… Ⅱ. ①周… Ⅲ. ①诗集—中国—当代
Ⅳ. ①I227

中国版本图书馆CIP数据核字（2019）第047060号

CHENGZHONGSHU

城中书

周荣桥　著

策　　划　周　轶
责任编辑　程　川　周　轶
封面设计　叶　茂
内文设计　史小燕
责任校对　段　敏

出版发行　四川文艺出版社（成都市槐树街2号）
网　　址　www.scwys.com
电　　话　028-86259285（发行部）　028-86259303（编辑部）
传　　真　028-86259306

邮购地址　成都市槐树街2号四川文艺出版社邮购部　610031
印　　刷　三河市华东印刷有限公司
成品尺寸　140mm×203mm　　　开　　本　32开
印　　张　6　　　　　　　　　字　　数　120千
版　　次　2019年4月第二版　　印　　次　2020年4月第二次印刷
书　　号　ISBN 978-7-5411-5354-9
定　　价　45.00元

风敲打了三次门，

一切只是开端……

我所相信的生活和诗意

　　我对别人的生活曾经有过巨大的破坏，而别人也曾经对我如此。这让我想起米沃什的名诗《礼物》来，他说：这世上没有一样东西我想占有。我知道没有一个人值得我羡慕。任何我曾遭受的不幸，我都已忘记。

　　破坏是一切的开始，瓷器破坏的时候如此，生活破坏的时候也是，但生活到底是什么？这始终是个让我着迷的话题。我承认，到现在为止，我依旧对此知之甚少。在过去的几年里，生活和我开了不少玩笑，有些坑是我自己挖的，有些则是他人给的。我从上海到杭州，又从杭州到上海，因缘际会，我曾经有那么一段时间，觉得我的归宿就在莫干山——那个寺庙到现在依旧让我觉得遗憾；2017年之前，我有一半时间在旅行，走过超过300个祠堂，想追寻某个真相；2017年之后，我又奔波在上海和杭州之间，一度忙得像条狗……生活到底是什么？喝茶是生活，品香是生活，吃喝拉撒睡也是生活。生活是不是活着？活着是不是生活？这些问题，像一张掉在我脸上的蛛网一般，让我难受。

　　生活和诗意，如影随形，这倒是真的。

诗意是个难以琢磨的东西，比如我有时候看一些落叶，觉得诗意，在另外一个时刻，又如此普通；在某个夜晚，一首歌让我觉得诗意，而在另外一个晚上，可能就是一个女人……

　　诗意最终来自于生活，这大抵是没有错的。我却发现，大多数人，却在该生活时去幻想诗意，该诗意时急着生活。这就像这个时代一样，诗意是巨大的存在，而生活是覆盖其上的阴影。

　　没有诗意的生活，才是生活本身，如此而已。生活不是诗，是狗屎。

　　活着！

　　是为序。

周荣桥

2018年1月2日于遇到你要的时光茶香舍

目 录

第一辑　春天是个笑话

第二辑　她在镜子里抹口红

第三辑　在月光出现的时辰

第四辑　云走得那么慢　我走得那么快

第一辑

春天是个笑话

荒老于欧

乡野安宁，

哥特式建筑静默，

木门腐朽，

铁门环锈合，

鸽子踱于房顶，

母鸡闲庭信步，

枯树盈野，

青草如海，

钟摆慢行，

跑者独步，

维也纳的村庄千篇一律，

战火焚烧的故事亦相同，

七十年后世界老去，

欧洲再无新事。

2017年4月9日于格林斯坦咖啡馆

Black

春天就在明天，黄昏昏沉，
月光温柔，或许是沙子变成的，
时日无多，樱花蠢蠢欲动，
开败的白昼没有几日，黑夜却长，
温泉，木心，大禹的陵和白水鱼，
谁在意谁来过或哭泣？
想成为昨日的父亲，和冬天的风，
没有人在意欢笑，
没有人在意酒的多少，
她的唇色红得耀眼，长发漫长如昨夜，
琴酒混合成白色的墙壁，
那天的残波岬有青白色的风雨，
黑色如白过黑夜，
我便爱你如一盏油灯！

2017年2月23日

上帝忧郁了

积雪压弯细松

路标深掩

79号公路只有一辆黑色轿车奔驰

一只狐狸在路边汲一摊血

乌鸦盘旋在它头顶

驯鹿忧伤地观察

偶尔有货车奔雷般到来

碎雪呼啸

寂静的雪松林一片又一片

红色的芬兰人字屋顶厚雪装饰

暗流涌动在冰层之下

银鱼寻找透气之所

没有索德格朗的猫和公园

天空郁结成地表但没有长出树

那个满脸黄色胡子的高壮男人正在伐树

伐倒一棵又长出一棵

"我赐你一片密林，你世代守护"

利斧已钝，森林犹在

天未雪多日，也无阳光

那排红色的信箱干干净净
你赏赐了忧伤又赏赐了希望
你生起了火又降下了雪
你让一切孤寂又让所有生机勃勃
我爱你，也恨你！

2017年2月3日于赫尔辛基公路之上

布拉格有许多眼泪

今夜可以看布拉格的星空和春夜
许多年前，几个世纪前，波西米亚人筑城之前
苏联人德国人奥地利人都曾投眸于上
哈布斯堡、神圣罗马只留下一些空房
今夜可以看几万年不变的星空和春夜

今夜可以看布拉格的星空和春夜
马蒂亚斯门上的鹰兽建造于几百年前
圣维特大教堂加冕了无数帝王
天鹅绒运动和布拉格之春是青春残酷
大地血洗于每一块方石头
今夜可以看布拉格的谎言布满春夜

今夜可以看布拉格的星空和春夜
一对中国人在布拉格广场喂鸽子
复活节的彩色屋子拥挤于广场
强健的马匹上骑手正玩弄手机而不是鞭子
啤酒，香肠还有白色的帽子
今夜可以看到世界和平

今夜可以看布拉格的星空和春夜
亚当和夏娃的教堂在夜里有魔鬼的灯
市政厅曾绞死过的人会在广场游走
瘦削的扬·胡斯被烧死在康斯坦茨
自鸣钟里的小丑和圣徒谁也干不掉谁
所有的建筑和人挂满夜空
今夜没有人看到春夜亦无星空

2017年4月7日于布拉格的春晨

白鸟和黑鸟

短发女人的歌声悲伤
清凉寺的僧人微笑
她的手腕上满是伤
二月十四日他们都觉匆忙

蚕湖的冰层正适合冰钓
要小心冰口吃人的喘笑
长发女孩刚刚忘了化妆
谁也不知道她的沧桑

她决定走向春天消融的时光
飞鸟不见新雪凌飞的欢闹
她决定温暖已枯萎的生命
火热的炭冰冷美丽的身躯

白鸟和黑鸟相逢又离别
就像昨天和今天
也像白昼和黑夜
世界那么沉重
不如剪去翅膀

2017年2月8日

有的幸福

你喝多了
在那个快干涸的湖边
云层被碾碎了
所有的车子在飞翔
酒是水
或许我要去看看这个世界
世界是边缘的今天
如果可能
我在最后的黄昏等待一个女人
她是一袭温暖的衣服
她是最后一杯还暖的酒
可是湖是天空
好了
在第三个春天
我们要喝掉春天

2017年11月12日于苏州之夜

春天是个笑话

旧是鹅黄色的
新是白色的
城堡废墟了很久，主人是谎言者
帝国的黄昏已经不久
在旧天鹅堡和世界之间
山谷失色

瓦格纳谱了新曲
供养人的信迟迟未至
在面朝阿尔卑斯湖的绿色窗棂上
一些音符试着奔走
年轻的帝王焦虑

一个铜质的望远镜
一张张米黄色的纸
画家们的草稿以及工程师殷切的圆规
在理想的云朵之上
天空永在

春天就是浅薄的笑

皇帝失去了表姑

在两月内抛弃公主

害怕几个谋臣、摄政者和自己

他为自己建一个堡垒

却从未住过

脆弱是春天的山野之雾

是你未长成的青春

2017年4月11日于富森

孤独症

如果你有一个窗台，

可以装入春天，

或者装入冬天，

装入星空，

也可装入渊洋，

一个废弃的酒瓶，

一块朽木和一把干花，

窗台是房子的孤独，

孤独是窗台的喧嚣，

每个窗台都有秘密花园，

是一把人间匙！

2017年4月16日于鹿特丹

冬日苦短，和漫长相拥

——致敬索德格朗

一

两点半，夕阳准时归家，

白雪挂起黄金外套，

雪松上的积雪沙沙而下，

我想念木屋中啪啪作响的壁炉，

我想念鹅毛月挂在赤松枝头，

我想念琴酒和汤力水，

我想念……你，

如果一片雪花也是爱的分量，

那么我所见的全部白色世界，

就是对你的爱。

二

冬日苦短，夏日也不长，

多少纪元了，多少场极光了，

波赫尤拉的黑暗倒下，

卡勒瓦拉的荣光已冰封在地下。

忧郁者却依旧遍布大地，

赫尔辛基的教堂被焚毁，

芬兰堡的抵抗脆如积雪，
建国者和侵略者的雕塑在城中同在。

三
深夜十一点，有时更迟一些，
圣诞老人向每个孩子出发，
你需要一个烟囱和一双袜子，
还要一颗温美的心，
人人都会有一份礼物，
我将挑选那个最美的呈上，
既然好的时光如此短暂，
我将和漫长相拥而吻，
把最后的那封短信焚烧。

2017年2月1日于芬兰玻璃屋

去阿根廷

我们要去阿根廷
那里的音乐很好
人们每天欢歌
跳着探戈，喝着啤酒，抽着雪茄
再穷苦也欢乐

我们要去阿根廷
放下这里的一切
好的和坏的昨天的今日的
存在于身上的也是
还有乡愁和冬天

我们要去阿根廷
去那里让爱焕生
在南回归线上养育孩子
丢进海里和滑板战斗
吃最好的三文鱼

我们要去阿根廷

我们要去阿根廷
去遗忘和开始
去生活和死亡
我们要去阿根廷

2017年12月9日

冲绳之恋

普天满宫的红白衣裳掩过灰白的窗
地底的石钟乳挂满白符结成界
四十年的神像建起小小的龛
犹青的竹子安安静静守成了门
净手台的水浸过石阶慢慢淌
这一切是崇祯年间结下的恋

那对年轻的爱人穿过扶桑花
万座毛的芦苇丛生着童话
嶙峋的珊瑚礁和时光共老
黑色的火山石爱上过熔岩
海床上升成为海燕筑巢之地
谁又在说石烂海枯的那些旧誓言

味喜满城的城墙守护过谁的爱妃
琉球王国的龙终于还是少了四只足
一群女孩的笑声拂过绿色松林
或许她们在讨论海上那船要去往何方

盛满伽罗的漆盒静谧成谜

石墙上的青苔在暗笑又换了新人

2016年12月10日于鹿儿岛

我要的大雪

大雪是这样的
捕鸟的竹笼隐于雪中
麻雀们焦虑
走向危险

大雪是这样的
蜡梅只剩红色花朵
枯枝虬然若铁
寒风温柔

大雪是这样的
有些人期待
但在我的故乡
人皆惶恐

大雪是这样的
雪层纯洁大地
万虫均僵
红色的雪灼烧

大雪是这样的
垆中当酒
我们要烹起野味来
用时间对抗时间

2016年12月7日

只是多了一眼

看了一眼

你对我笑或许也对众生

在莫高窟在乐山在哈奴曼宫在阿旃陀

我也安静地默立对视

乐山的大佛面向三江静穆

莫高窟的彩绘佛像雍和

哈奴曼宫的石像狰怒

阿旃陀的佛陀柔软平观

只有在莫干山的山壁上

你俯视我

你的眼角细长

髻相蓝如深海

绿色的山岩开裂

环宇宁静

我心巨响

有时候只是一眼

命运之钟回荡余生

2016年11月30日

有那么一些时刻

风摇落秋天，

雨跌碎月亮，

时光流走青春，

酒蒙眬街道，

哭声惊醒梦，

蔷薇花美了墙外，

长筒靴踩碎梧桐叶，

云朵恋上湖面，

一部旧电影让人掉眼泪，

他的歌声回到昨天，

其实没什么，

总有些时刻，

像一个旧鼓或者破了的锣，

我们再也敲不响，

但只要你想打响，

我就泪如雨下。

2016年11月23日快冬的秋

断杭城

桂花又满了城，那佛像还是九百年前，
保俶塔的夕阳旧，断桥边的莲蓬老，
东坡筑的堤上连绵的桥，
乐天垒就的堤坝夹株柳树夹株桃，
湖中的三塔穿过旧月光……
一切都嫩嫩的好。

徽宗丢了北方的苍茫，
赵构留恋着西溪的水舫，
六和塔收留下一部水浒的悲伤，
钱塘江的潮信没有了它的洪荒。

杭州城慢慢断成了两瓣时光，
半城是苏小小裙幔下的温床，
半城是岳武穆满江红的离殇。

2016年9月22日于杭州玉凰山

干　净

是绝无仅有的干净，
在漫长的湖泊边画眉的羽毛掉在黑色鹅卵石上。
我洗净双掌，水色漫过掌纹，掌纹也干净。
但它结了一些茧。

是绝无仅有的干净，
第一片雪落在冬青上，或者覆盖粉色的梅花，
世人常常忘记自己的第一声啼哭，
干净，干净，就像剖开一只清脆的西瓜。

是绝无仅有的干净，
猎犬驱逐乱走的羊群，苍草漫野，
她的笑声在白色地板上奔跑，
黑色的头发和徽墨一样浓得纯净。

是绝无仅有的干净，
时光流逝的干净，
青草长出地面的干净，
十七岁时牵一个女孩的手的干净，

蝉蜕去第一身壳的干净，
我们的心会走向干净，
如最后一个西藏僧人在藏香的雾里诵起晨经。

2016年8月16日

人人都要一辆桑塔纳

烟尘消失于旷野

大地和春天暗结珠胎

我想奔赴在那条空旷的2号公路上

她煮的咖啡又苦又甜

最早的黎明还没有出现

春天也迟迟未到

我想在江边拥抱你

再也没有渔火也没有船桨和布帆

我们都要一辆车子

黑人想要闪闪发亮的卡车

白人想要一辆红色法拉利

他们都将耗尽力气　耗尽力气

我却只想写下十四行诗

就像驾驶一辆干劲十足的桑塔纳

豆浆已经干了　馒头还在冒着热气

我爱你呢　我爱你呢

没有最早的黎明　也没有最早的春天
栀子花的果实有七瓣　不多不少
七是个好数字
罪恶归于七

2018年3月14日

五十三

有过五十三块

大雨淋完最后一季

孤独的房子和路

春天走动

虹桥路的路边摊上小龙虾是暗夜里的灯

红楼里跌落水池

历历在目

谁是星辰

谁是大海

谁是远方

谁是转角

谁是蔷薇和马蹄莲

谁是红色裙裾

我在安福路的十字路口喝完啤酒

每一个易拉罐都有一个世界

只有风可以打开

2018年3月11日

如果春天没有到

如果春天没有到
不要害怕　不要迟疑
她不会无故迟到
可能是大地还没有准备好
桃花　梨花　樱花和草种的嫩芽

如果春天没有到
不要失望　不要绝望
她不会默默哭泣
或许是天空还没有准备好
春雨　空气　温度和时宜的风

如果春天没有到
不要沮丧　不要愤怒
她不会就此歇息
抑或是我们还留在冬天的窠臼里
呢喃　火中取栗　小心翼翼

如果春天没有到

你要去寻找

用赤裸的脚踝蹚过清冽的溪流

用微汗的鼻息感受海棠和白色的杜鹃

用湿润的手抓住调皮的风

用风筝画满高远的天空

如果春天没有到来

如果春天没有到来

那也不重要

你的眼里满是春天呢

春天在你的眼里

你的眼里四季如春

2018年4月1日春天里

人间忆

突然飘起了雪

就像你突然哭了

梨花也落了

雪花也化了

人也走了

我愿意在雪地里想你

和松树一起

我要在雪地里站成五箇山

雪爱我　覆盖我　如鲸落

梅花未有芳香

不重要了不重要了

月球的影子没有办法遮挡我们

光线在琉璃之外

雪失去记忆

她从未来过

2018年2月22日于日本金泽

寻　迹

大雪封了行德寺

钟楼的木头旧得很好看

跛足的妇人说要来年能进庙

隔壁岩濑家的合掌造有两百年

岩濑先生煮了草茶递过盏

四块松木烧了一早上

两束晨光从白色木窗棂里来

斑驳在蔺草的榻榻米上像回到从前

老先生酿的酒放在顶楼上

踏过木板你要小心些

白雪掩盖了半个五箇山

要去的神社也封了门

只有一条柴犬的足迹在雪层上

谁也不知道它找到了什么好东西

2018年2月19日于日本高冈

荒　原

在这个世界走些时日了

黄昏并不辉煌

早春的阳光也不好

黄花梨长得如此地慢

人们衣袂之间交流也惘然

流泪或者欢笑和这个世界也没有多大的关系

倒是酒还是一个样

喝多了　哭泣　欢喜　拥抱　诳语

其实人间早就荒芜如一枚坚果

它没有什么裂缝

你打不开

你打开

空空如也

荒原啊　荒原

时至今日　人类荒芜成荒原

一株蔺草　都是宇宙

2018年5月11日

你要一块广告牌

人类啊　人类　人类

西边雨水很多　雨水很多

它们似乎要淹没世界　好像有很多仇恨很多仇怨

到时间了

我们要一块广告牌

告诉人们　时日无多　莫有心愁

广告牌是一个窗口

秋千也是

还有左轮手枪

还有一封死去的信

还有四个燃烧的酒瓶

这些很重要　重要得像一个人生

我看着你呢

知道你从来不会回到昨日

从来不理解一朵花开早了

从来不理解天突然落雨

从来不理解洒水车在清理街角

从来不理解死亡是另外的恩允

从来不理解那天我们喝了一杯烈酒

其实已经不重要

重要的是人人要一块广告牌

广告牌上写着一些重要的话

2018年5月12日于上海

她在镜子里抹口红

歌　手

他唱着歌　好像全世界都是他的
是的是的　全世界都是他的
流水是他的
清风是他的
灯火阑珊是他的
女孩是他的

风在歌唱　歌唱他和世界
配合以枯叶
以梅花和酒
以往事
以自由
以披星戴月
他是歌手

歌手　歌手
你是一个歌手
从年轻唱到白发
从黄昏唱到黎明

从春天唱到秋天
从悲伤唱到悲伤

你是歌手
唱罢一曲
却哭泣起来
却哭泣起来
你是歌手
你是歌手

2018年1月1日于杭州京杭大运河

我听过你的故事

他在午夜一点喝下最后一杯龙舌兰
没有盐也没有柠檬
没有烟花也没有女孩歌唱
他想起一把红色的雨伞
扇骨是黑色的
那天他在拱宸桥上看着江南
江南是一把红伞
江南是一把红伞

我听过一个故事
他曾经不是现在的模样
他没有每天醉酒
在酒吧歌唱换些口粮
他是个流浪的歌手　也会写点歌曲
他愿意欢歌　也会悲曲
直到有一天那个女孩来了

爱情来了　爱情来了
是河流在桥边转弯

是她点一首歌他来唱
是她笑起来像星空
可生活不是这样
还有盐和米　还有车子和房子

她终于离开了他
好像她没有来过
是啊　雨过伞就会收起
红色的　黑色的　白色的
江南的雨却一直下一直下
在她走后　在她走后

我听过你的故事
你喝下龙舌兰却没有酒钱了
你说那唱一首歌吧
欢喜的也好　悲伤的也好
我说　江南的雨啊　不会一直下
你要唱自己的歌　你要唱自己的歌

人生就像运河的夜航船
谁没有走过夜路　谁不曾迷航
谁不曾经过一些潜流和温柔水面
船还是要往前去

直到停泊于明日

你会唱自己的歌

不关悲喜　　不关悲喜

2018年1月15日于杭州

你看风不再吹动头巾

你看风不再吹动头巾
这个冬天有些寒冷
我们驾车去一个城市　去一个城市
就像一只鸟
谁也得不到它
你看风不再吹动头巾

你看风不再吹动头巾
蜂鸟不再停在忍冬花枝上
仿佛有些时日了
歌声荒芜如秋水
没有什么鼓动如潮流
你看风不再吹动头巾

你看风不再吹动头巾
你看日子不再晒过窗台
你看黄昏不再拥有白日
你看蒲公英不再飞翔
你看金色的卡车相撞

你看吉他的弦断裂

你看风　你看风
我们的时光流逝如水
就像风吹过水面
我们的爱也一样
他留在昨日里　他在昨日里
你看风不再吹动头巾

2018年1月2日于杭州

爱（一）

哪有什么清欢
又有什么欢喜
这人间啊　烟火冷淡
哪有什么风暴
又有什么日焰
这尘世啊　土壤贫瘠
你看　你看
旦及夜继　欢致哀起

2017年12月23日于上海

爱（二）

谁可留在今日
谁又可在明日
他们失去时微笑
他们得到时哭泣
我在想
明月只有一个
井中水里
心怀路上
圆缺如何
我们只是镜花水月

2017年9月于遇到你要的时光茶香舍

暮冬就差一场雪

临安府的河水拍旧岸
摇橹声残断　杨柳与月
莫叹息　莫叹息　思念如弦
跌落如珠
江南疲惫像少年
一壶酒　两壶酒　三壶酒
温酒的瓮里烧着风尘
风尘里的故事　煮开了
没有翠烟　绕着飞檐去
那堵废墙和着青苔和岁月
石阶上走过牛马和青衣女
走过军阀和进京人
三五年短　三十年短　三百年短
思念像泅水流
长过四季　长过光阴
长过北宋走往南宋的路
暮冬就差一场雪了
你不知道　你不知道
我们却差着几万万里

2018年1月23日于遇到你要的时光茶香舍

我们大概会记得

远方看上去好远呢

近处却又不近

思念如水　他也是又远又近

苹果林的苹果青涩

水果市场早不新鲜

鱼市场的鲱鱼是刚捕捞的

可是它来自深海

没有人会记得路途遥远

风帆破旧

在最后一个茶馆

石头们有些很老　有些很新

有些存在　有些虚无

我们大概不会记得

光影是温暖的

植物是有根芽的

天上是亮晶晶的

风是又温暖又寒冷的

冬天是有炭火火红的火炉的

谁在爱的时候忘却

谁又在不爱的时候记取
记得不记得?
是大雪抛出的一条痕迹

2017年12月7日于大雪

乱

梧桐叶

咖啡

红茶

温暖的细阳

黄色棉絮

红色金鱼

有皱纹的纸

黑色小孩

白色的琴键

金属头盔

彩色的星期五

冰激凌融化

洒满金色的黄浦江

翻倒的邮轮

丝绸

炊烟

土墙

竹林凋零

烟花哭泣

暗月

枯萎的星

蓝色太阳

脆霜

最后的清欢

二爷的剑

路

冬天

沙粒

博山炉子

烤火

她的眼泪

最后的酒

离别

灰色的猫

日头

衡山路十二

永不收信的地址

她最后的红色礼服

哭泣的马

欢笑的河流

我们

2017年12月18日于遇到你要的时光茶香舍

谎　言

孩子看着你的眼睛呢

你抽了一支烟

许多时日之前

你就离开了她的世界

她并不知道

一个谎言和另外一个谎言

月光倒是一样的

太阳的暖度也是

还有一个突如其来的故事

有些东西并不孤寂

要合影

在硬币之上

在你愿意牺牲的午夜和等待之日

我想起光明　磊落　慈悲和温暖

诗意早亡

新草初生

笔记重现开始了吗

2017年10月6日于上海

离　别

在最后的城头和行将消失的云彩之后

云雀们并不孤寂

鱼摊上的鱼类众多

银鱼是银色的

灰白色是鲫鱼

他们各自成群结伙

晚霞又何尝不是

我们愿意春天里歌吟

凌晨时饮酒

送别时丢一个秘密的眼神

温故是一次次自我决裂

窄小的街巷里有人相让而过

卡萨瓦诺是一次又一次的伤别离

谁都会有李叔同的天涯

天涯并不孤单

她天天悬于天际

人类活在火焰之中

2017年10月19日于遇到你要的时光茶香舍

众生相

我将荒废余生　在明天到来之前

或者是观察天空

或者是等暴雨消停

或者是待云层退去

或者　或者还有另外一种可能

在墓碑上刻字

像书写一本古老的传记

谁都活过

谁又都没有活过

杜巴广场上的众生也是

我时常想起一些孤独

佛陀的孤独

司马迁的孤独

暗夜里醉酒的孤独

写字的孤独

说话的孤独

你曾经来过又走开的孤独

她在镜子里描抹口红的孤独

大概如此

一切孤独都会被另外一种孤独取代

写下最昂贵的那首诗歌的时候

我将取代爱情

2017年10月21日于上海

消失的人

白鸟消失于天空
运煤船消失于黄昏
蔷薇消失于枝头
乌云消失于昨夜
孤独消失于一场大雨
噩梦消失于美梦
广场消失于演讲
大理石消失于神像
正确消失于错误
旧城关消失于时代
果实消失于土壤
爱消失于红色晚礼服
你消失了　消失于一个盒子
消失是另外一种重复
如同石头消失于湖面
在湖底　消失永远存在

2017年9月19日

上帝　会发出声音

我听到了最美的声音
他安静了许久　在一个纸质的盒子里
在安静的湖里　在尼泊尔的雪山里
他安静了许久

我们曾经饮酒
也曾经讨论过天气和温泉
有过一个车厢和神殿
那个时节　连鸽子也悄然无声

我怀念过些什么
一个院子里的树木
一个抬头的轻笑
一个糖果去了糖衣

这些都不重要了
我读起一册旧书
我读了许久

若你依旧爱着人间

人间烟火依旧

2017年7月11日

超 感

大地正在开裂，

夏天是个谎言，

分离时间的是季节，

分离人类的是欲望，

分离土的是水，

分离柳絮的是风，

我曾经喜欢过一本红色的书，

她则喜欢罗智成的诗，

干脆的土地上曾出过湿润的诗人，

在海边的集市上，

罗非鱼，螺类，生蚝，还有不同的贝壳，

没有一片沙滩相似，

亦没有一种爱，

盲眼的乐手不会知道弹了什么让人哭泣，

如果你捡到了一块石头，

标记它，

投入大洋的是某种相遇，

风敲打了三次门，
一切只是开端⋯⋯

2017年5月9日

罪与罚

我愿意栖于一枝枯枝

太阳栖于湖面

黄鸟啊，她偎依于蓝鸟

而神在官廷上下望

我曾喂食于你

没有一株谷物是新鲜而好战的

生是死的外套

一次天性的逃亡不会

料到，另一种绝望

你栖于我的肩头

你们曾互相追逐

我爱过你

获得，欢娱而放浪

没有一种爱是禁止飞翔的

也没有一个鸟笼可以禁止

2017年3月28日

我 们

欢喜了一个木架子
欢喜了一棵老树
欢喜了一驾马车
欢喜了一册诗
欢喜黑夜里星星在旷古之野问候湖面
湖面以风之影对望
对望是一种深刻的怀疑
而爱是刻进眼眸的欢喜

2017年3月26日

一个孩子

椰子以层层之壳对抗
爱，气温和海岸
坚硬以柔软

2017年3月22日

昨 日

昨日没有黄花，黄花初生，
花朵儿细嫩似水，
昨日没有旧书，扉页不启，
书封未裁依然，
昨日我们相见，犹未握手，
手上有些寒寒，
昨日听了首曲，曲然旧调，
声声慢又声声怯，
昨日温了新酒，酒尚清醇，
厚了须有时日，
昨日啊，昨日啊，昨日啊，
老李的那把旧吉他啊，
弦还是生涩，
指法却轻巧，
那一声声敲开了心弦，
也敲开了我们的黄昏，
人生会有一些声响，
从春到冬，
从年少到白发……

2017年3月12日

只是一次春日的行走呢

樱花，旧自行车，石板路和评弹，
它们是春天的必要之物，
黄昏温暖的时光不多，
在春天里它倒有些长，
长长的还有梨树开花的时节，
一阵春雨会打落不少，
白色的花覆盖黑色的瓦，
在清晨它们于风中翻动，
只有树枝上还有些想结果的爱情，
走吧，走吧，
跫音会悠长像落日，
谁都希望拥有如拥抱，
春天不辜负生长……

2017年2月28日

温　暖

所有人是悲伤的
渔夫撒网的收获是悲伤的
他放弃了一些
还有美的
那个猎人也一样
驯鹿如此快乐
在青苔上跳舞
夕阳落在湖面上
梧桐树早已欢喜雀跃
爱有迟有早
如果迟到了或早到了
请围上那条围巾
围巾是最好的爱人

2017年1月27日

你只是不知道我伤心

你看樱花落了，你不知我伤心，
你看海棠枯了，你不知我伤心，
你看星尘暗了，你不知我伤心，
你看海水退了，你不知我伤心，
你看冬天雪了，你不知我伤心，
你看黄昏老了，你不知我伤心，
你看火堆萎了，你不知我伤心，
你看街道旧了，你不知我伤心，
你看新书破了，你不知我伤心，
你看音乐闷了，你不知我伤心，
你看陈酿干了，你不知我伤心，
你只是不知道，你只是假装不知道，
那些经历的，那些在心里的，
有时候不是伤心，
是我们把爱埋在了过去，
是我们把爱埋在了过去……

2017年1月22日

约　定

时光可以慢点吗？
岁月那般容易老。
昨日的杜鹃花今天开败了，
可露珠还是一样，
在明日的花朵上闪光。

时光可以慢点吗？
爱是如此的匆忙。
在青春的操场牵手，
把情书藏在箱角，
天涯很近却成了永远。

时光可以慢点吗？
童年的回忆伸手就够到。
在畈田上奔跑，
折一只千纸鹤夹在情书旁，
还有老师把你敲醒的书角。

时光可以慢点吗？

等待的时光，
亲吻的时光，
梦见的时光，
爱的时光，
我愿成为你的时光，
短如白驹，
又长如昨夜。

2016年11月9日

有束光

大海如墨玉

船舶不带动波浪

水手们的思念沉重似殡仪馆

花开出声音

春天和秋天结成生死

五月的双子和处女行走在盛夏

整个十月像木棉花开裂

黑色的鱼只剩三条

在我筑起的墙上

雨水充沛

我爱你

有束光呈螺旋

生活向上行去

一个世纪悠然若水鳗

2016年11月1日

水 果

你的眼睛透亮
和这个世界不一样
番石榴长在秋天
甘蔗也是
但西瓜猕猴桃莲雾却在夏天成熟
人和人的季节也不一样
我们相遇的时节正好
你看
蜡梅刚刚吐出新芽
在凛冬依旧不愿离开的蜂鸟
终于找到了栖枝

2016年11月26日

一　切

你所有的方式不是伤害
是唤醒
宇宙轰鸣的时候
天空正在觉醒

你所有的方式不是伤害
是湿润
天空生雨的时候
大地正在弥合伤口

你所有的方式不是伤害
是完善
大地漫流的时候
万物开始生长

你所有的方式不是伤害
是迷恋
万物新生的时候
我们正在欢笑相爱

2016年10月6日

所　爱

地底的温泉喷涌了亿年
它过去和山峦土地及河床相伴
它是暖暖的
不沸腾亦相爱

山道漫长却在时光中短暂
人类种植的龙井茶一大片一大片
她的手像一片绿茶的嫩芽
温暖，温暖，温暖

我们读一本书
回想一个故事
和一部旧电影
看一个孩子长大
还有他们老去
人皆有爱
而我将爱你那白雪般的灵魂

2016年10月3日

你和岁月之间

你和岁月之间，是星辰大海，
星群投入大海，它们却永不相见，
你和岁月之间，是那个嗓子沙哑的歌手，
二十岁时他唱的歌，已鬓角斑驳。
你和岁月之间，是迪卡皮奥伸出手去，
在码头那一边幽绿的光，是沙漠中种下的麦子。
你和岁月之间，是柳枝轻拂水面，
从春天到冬天，从水草肥美到河道干涸，
从水菱鲜渴到孩子的笑声消弭，
你和我之间，不是岁月，
亲爱的，不是岁月，
是一堆火，我们加上木柴枯叶和小心翼翼，
火不会萎掉，不会萎掉……

2016年8月27日于弹指之间

爱得像个孩子

蔓越莓成熟的时候是秋天，果实丰盛，汁水酸甜。

我不曾采下一颗，也不曾种下一株，可满心欢喜。

果实的成长是这样的，它需要水，空气，温柔和
　　时间，缺一不可。

我曾试着成为一个眼眶深沉的人，像一粒成熟的橙
　　子，

或者在岁月中变成深红色，和十一月的蔓越莓一
　　样，

如果什么都不是，那也无妨，

走过的时光就像橡果坚强的壳，

我会忘记，我会忘记，

不曾忘记的是我们始终应该像个不谙事的孩子，

——对爱像个柔软的孩子。

2016年8月19日于遇到你要的时光茶香舍

冰月亮

白色的马蹄莲落地，像扔下一个雪球，
唯一的月亮跌在水面上，
一块石头就可以击破。
这个世界需要一匹马，
一匹野马，
它没有圈栏，
没有恐惧，
没有一片草场限制，
时间对它无效，
这个世界需要一匹野马，
能够囚禁它的是另一匹马。

2016年8月18日

别 哭

鸢尾花很好看　她只活十多天
在我们盛放的时日　人类环绕
大地是青色的
天空是蓝色的
海和你是红色的
至于时间　是苍白和迷人的
城里的人都有些心事
乡下人现在也一样
前者为车子房子和明天的飞机票
后者为征地赔偿和去城里
却都忘了果腹之事
许多年前弄堂口的油条用报纸包裹
豆浆都用白瓷大碗
田野里一把土豆撒点盐
或者割几棵带露水的白菜
生活还是生活的样子
鸢尾花还是鸢尾花
我还是我
没有谁不活在爱里

爱是世间的十二种颜色
我们都是其中一种

2018年4月16日

谜　题

我遇到一个谜题
从来没有人遇到过呢
就像你坐在公园的长木椅上
露珠微凉
风正悄语
蜂鸟停到肩上
这样的缘分奇妙
你总会傻傻微笑
抽动嘴角
仿佛蜂鸟停的不是肩头
而是心上
姑娘　姑娘
你就是那只蜂鸟
再无一人可以飞入心房

2018年于旅途中

欢 喜

欢喜是件奇怪的事

你看到露珠滑落荷叶欢喜

你看到蝉走脱了壳欢喜

你看到白色虾米透明欢喜

你看到莲蓬丰满欢喜

你看到茶炊轻烟欢喜

你看到一炉香焚尽欢喜

我想到你就欢喜

你是欢喜

2018年7月3日于遇到你要的时光茶香舍

颜先生

不过时日　不过时日
在曼彻斯特的海边　女孩曾经流连
在伦敦的最后一天　有枪声和老人
在尼泊尔的神殿里　有废墟和眼泪
欢愉从来没有多过云彩
云彩从来没有覆盖烈日
我们从来没有在荷塘下度过夏天
荷叶的边很好看
桐城的诗人爱简单的文字
你爱孤独和一个人的旅行
绿色丝绸衬衫和五彩的百褶裙
它们都是这个年代最好的礼物
和煦的容颜是一万朵莲花拂动水面
哦　不是莲花是一百万幅合家欢
它们终将挂在陋室的虫蛀木板上
在灰色的泥墙上
在棺木之上
在灶台之上
在孩子们的心房之上

在荒凉的人类世界里

温暖不多　你是一种

2018年6月29日

余 生

蝴蝶躲于青竹叶之后

凌霄花被夏雨吹落

紫藤和木窗纠葛成爱

条鱼在雨前跳出水面

杨柳下雁杳鱼沉

条石路暑气冲鼻

紫葡萄发紫而香

蓝色茶花亲吻地表

黑色摇椅晃动如秋千

碎掉的阳光切割石桥

蝉鸣断夏天

孩子嬉闹投石于河

乌篷船在官河浮沉

踏三轮车的老汉如泥憨笑

一切尽是熙颜

2018年7月7日于绍兴，改于上海

何以为安

我将亲吻

我将在春天亲吻紫葡萄的第一枚嫩叶

我将在曼彻斯特的海边亲吻海浪

我将在夏天亲吻芬芳的粉色三角梅

我将在宛委山亲吻某种暖风

我将在秋天亲吻离别的灰雁群

我将在莉莉海默亲吻丢失的信件

我将在冬天亲吻松枝投入火篝

我将在老去之时亲吻摇椅上的你

我将吻你　以时光　以熙颜　以宽容

何以为安

何以为安

我将在一个吻里活着和死去

以安然　以无恙　以落尘世

2018年7月6日

如 常

如常是昨日的烟火热烈后清冷
她早消逝于如常
如常是秋鱼的眼泪和腐朽的枫叶
她早习惯于如常
如常是松木成熟的香和碎月光
她早沉醉于如常
如常是她暖熙的笑覆盖住星辰
她早拥抱如常
如常是彩色贝壳和寄居蟹在沙滩
她早吞没如常
我想人生如常多过无常
无常常常多过如常
那有什么如常
无常才是如常

2018年7月11日于上海

成为诗人

我有青衫一件
好久没有着
我有一个地方
好久没人到
我有旧梦一袭
好久没去醒
我有老歌一曲
好久没唱吟
我有欢喜一种
一直没人懂
我有了你
成为一个诗人

2018年7月11日

另外一棵树

我在瓦纳卡湖上看过一棵树
它是如此孤独
几十年　几百年　几千年
它离其他的树都好远好远
或者它们都离它而去了
有些成了浮木
有些掩埋于湖底
有些毁于一场火
有一些活得累了
我并不觉得孤独了许久
却还是像湖中之树
没有爱激动人心
也没有一只鸟落在肩头
偶尔有蝴蝶想亲吻我
我并不觉得动心
湖面和土壤让我活着
但它们并不知晓内情
我并不觉得还会有一棵树出现
直到一日

直到一日
生命如果是场等待
树知道结果

2018年7月11日

生死的事

死亡有很多种
我经历过一些
老人病故
表姐死于车祸
朋友突然暴毙
我也差点经历死亡
在高速上躲避过突然出现的卡车轮胎
在离开的城市有洪灾和地震
在数百公里的奔赴之路上突然心疼
死亡有很多种
我是幸运的
战争没有遭遇
霍乱和瘟疫也未经历
还有人类制造的灾祸也都一一幸免
或许还将历经许多生死的事
但又有何妨?
人如尘土
若无相遇
并无大事

2018年7月

你不要急　你不要急

时日还有许多呢

恶疾只是一时

环顾周遭　没有什么让我忧伤

太阳依旧暖熙

蝉兰犹在慢长

至于知了从来没有停止鸣叫

所有的灾祸并不重要

我们还要去看海

去看山

去看月光

去看鲸鱼跳出水面

看你欢笑

你不要急　你不要急

2018年7月9日

在月光出现的时辰

无论英雄

英雄是制造的
唐代制造了尉迟恭
汉代制造了班固
明代制造了戚继光
清代制造了吴三桂
我们制造了GAI
毁掉英雄的是制造者
在一个大浪滔天的时代
重要的不是英雄
是沙最后沉底
是人人温暖
是暗夜里有一盏灯
是外卖者的一个短信
是哭泣有人递过纸
是没有好也没有坏
是没有英雄
每个人都微笑
如同启明星

2018年1月18日于遇到你要的时光茶香舍

你看到的古今

误解　构陷　谎言　懦弱
空庭花自寂
美貌　丑陋　地标　星空
荒漠人渺踪
无所畏惧　无所畏惧

温暖　和煦　柔软　细腻
长黄为我腋
苍茫　冷峻　沉默　冰封
昆仑是我身
此生绵长　此身绵长

宽容　理解　抱憾　悔恨
若得旧日回
姑息　抱歉　放任　迷离
不豫今日长

古今是你我的别离
我们是孤聚之间

人类以方寸达世间之日

离恨皆有界

唯有心无常

2018年1月19日

莫

莫有欢愉之时
莫有烛灭之时
莫有星升之时
莫有离挈之时
莫有回音之时
莫有崎往之时
莫有雪落之时
莫有佩环之时
莫有流涕之时
莫有风吹之时
莫有笋丰之时
莫有冬囚之时
莫有梦结之时
莫有冰融之时
莫有花成之时
莫有莫有莫有
人间有和莫有
只是和不是
在月光出现的时辰
我们是人间的另外一种天堂

2017年12月20日于杭州

孩　子

孩子　你尚小
世间万物的模样却有些时光了
土地　天空　河流和海域
几亿年了　它们变化倒也平常
可是　孩子
你会很快变化
你皱皱巴巴的脸会光滑又很快皱皱巴巴
你看到的世界也是
起先它干净　微小　简单　透亮
后来它肮脏　庞大　混沌　昏暗

孩子　你尚小
有些人你看一眼　就是一生
还有些事　你可能一生一眼
你还会遇到很多时光
它们有些糟糕　有些很好
还有一些非取非舍　不喜不悲
可是要记得呢
你是万物之一

我们只是在世间轮回
万物是你
你是万物

2017年11月14日于上海

最后的盛宴

是最后的盛宴了

金枪鱼群最后的盛宴在海的表面

或者追逐濒死之鱼

晚霞将死未死

最后的余晖温暖如夏日的田野

最后是个谜题

是开始之前的谜面

是一把带血的刀

杀人了或者自杀

黄昏一样到来

爱却不一样

海明威站着写作

为自己留下一颗子弹

茨威格　这个远离故乡的人

也是如此　不

不　他留了两颗

还有一些最末的故事

不是盛宴　是孤独的酒席

霸王最后的一杯酒

李白念的最后一首诗

敦煌最后的一个洞窟

是孤独的酒宴啊

孤独是人类最终的盛宴

没有人在雪融之后不留水痕

2017年11月5日于上海

霸王别姬

男人和女人
故乡和故国
民国和大清
一时和一生
清白和玷污
年少和苍老
活着和死去
民主和霸权
段家和袁家
刀剑和水土
梨园和天桥
性和爱
冷和暖
红和黑
深刻如镌刻入石
肤浅如踏足入雪
在时间的河道里
人若流萤

2017年2月7日于上海

诗意消亡之日

今夜没有诗意　月亮清瘦消沉
星群寂寞　处女座和天秤座隔着几万光年
运河泛光却静止不动似微尘

今夜没有诗意　秋天衰老
杉树　梧桐　番石榴都枯死了
最后的堡垒是秋菊　可时辰未到

今夜没有诗意　没有酒和花生米
没有吉他　歌者和冷烟花
倒有夜枭和浮游生物在一起饕餮

今夜没有诗意　亦没有一盏灯
手表的声音巨响如巨木击山钟
它在祭奠诗意消亡　世间再无瓜葛

2017年10月27日于杭州

Fei

写一首忧伤的歌吧

欧洲的路上全是松林

忧郁的索德格朗喜欢公园里的木条长椅

她习惯于喂食松鼠和鸟类

清晨的时候燕雀走上觅食之路

如果黄昏没有归家　也很正常

在人间迷路是常有之事

天和地很大　何况还有猎枪和苍鹰

船沉了　我们还是我们

注意大海和风向

修建房子　在海面洒金子之时

Fei有多种可能

她说没有什么是饮酒不能解决的问题

几千年下来倒真是这样

会饮之人如巨峰渊洋

欢饮的一刻还需要歌唱

如果曲子是忧伤的　要饮一杯

如果曲子是欢愉的　要饮一杯

我们的人生都会有这样两杯烈酒

写一首欢乐的歌吧

趁灵魂还可飞扬

2017年10月25日

再见，再见

海棠和玉米不在一个季节收获

印度的棉花干瘪

和食物一样

出生时的孩子或许欢愉一些

之后就少了欢笑和哭泣

沉船之时已到

唱歌吧　　唱歌吧

没有人愿意返航

玉米地早就被刈完

年轻人也是如此

一旦长大成人

冬天我们会希望有一件好棉衣

秋季的时候却忘了准备

海棠和玉米不在一个季节收获

棉花也一样

我想起在那一刻伸出手去

难道不是这样吗

抓住一些什么

却时日已过

它像空气一样消失
没有什么会昨日重来
有一些会昨日重来

2017年10月25日

底　色

墓碑，青色的墓碑，

冬青树下和松树下，墓碑，

路灯是墓碑，71路是墓碑，

那个行人的脸皮也是，

世界行之将死，却没有墓碑，

黄昏之时人类献上祭品，

有些人的公交车只有七站，

红墙是墓碑，

昨日是墓碑，

天空是墓碑，

青春是墓碑，

你是墓碑，

游鱼是墓碑，

时间只是墓碑的伴侣，

墓志铭开口说话，

和事实不符。

2017年9月29日

绝　望

荒芜啊　　荒芜啊

杂草成为大地

再鲜艳和欢笑的花朵也是徒劳

最后一杯酒了

温柔是指尖揉过短发

如果不是

星光和梧桐叶开始碎裂

世界再无一点你的样子

2017年观影后

Lily，Lily

我听过一个很好的故事呢　莉莉海默
冰雪很大　天寒地冻　人类荒芜
人和人之间有时是猎枪　有时是烈酒
有时是养育孩子　追逐熊和麋鹿
酒吧里时常有人打架
冰湖是埋葬尸首最佳之地
人们常说　荒蛮是一切之始
没有什么是真实的
亦无什么是虚幻的

可一切又触手可及
冰雪触手可及
麋鹿坚硬的角触手可及
窗户的冰冷和壁炉的温暖触手可及
来自芝加哥的男人宽厚的手触手可及
从死到生触手可及
莉莉海默　莉莉海默
你唤醒了一些生命　又让一些死去

大地回暖之时

风暴降临之时

冰湖融结之时

极光现没之时

人间变幻之时

蔬果盈虚之时

树木枯瘦之时

云朵轻厚之时

我们爱恨之时

莉莉海默　你在何处　谁在此处

2017年11月15日于遇到你要的时光茶香舍

那儿又亮了一盏灯

海面平静如黄昏

又像时钟

半山腰神殿的神仙微笑

如果可以轻如浮云

自然是好事

世间万马奔腾

财物　名声　误解　仇恨和无缘无故的放弃

大地从来不选择生物

空气不因物而异

城市其实有一个秘密

下水道没有什么不可纳之物

落魄者的灵魂是闪亮的

拾荒者自有所爱

妓女会有灵魂

海面平静

灯塔没有遗忘迷航人

2017年8月1日

一

芦苇枯萎成阳光

阳光碎裂成冰块

冰块开出向日葵

向日葵很好吃

好吃的还有莲蓬

我们哭泣的时候因为无力

我们欢笑的时候因为放肆

可是，不是的亲爱的

我们欢笑因为无力

我们哭泣因为放肆

在这个尘世间

我始终像一束光呈螺旋状

我将越过门

和海洋

和花朵

成为一

2017年8月5日

素衣和华裳

有些年华是这样的
你歌唱和奔跑
你饮酒和扯谎
你流泪和欢笑
你放肆和脆弱

有些年华是这样的
你沉默和止语
你裹足和试探
你放弃和忘记
你保留和和迎

我将着一件素衣
去迎接往日
我将着一身华服
去看往未来
我最终将只是我
只有一件衣裳

天空如此简单

云朵不多不少

2017年7月18日

再　见

时日并不欢愉

我们亦不再见

亦不再见

旷野上的蔺草被狂风肆虐

可它们并不低头

鱼群遇到激流

可你看它们回流而上

人类啊　人类啊

我们是被神照顾和欺辱的孩子

我们曾经饮酒

我们也说过会相逢

可是时日并不欢愉

神一定有个宫殿

它欢迎所有异乡走丢的魂灵

我将哭泣

我将欢迎

我将伸出还暖和的手

温暖　终于去神的宫殿的孩子

2017年6月29日致哀吴鸿先生

1996

今夜　是这样的安静　妈妈
月色就像剪子一般
剪开金色云层　荷塘　和我的心
妈妈　妈妈
汽笛响起了　我要走了
那个像糖纸一样的城市在等待我
我的歌声会如夜莺般飘荡
我会慢慢回来　我会慢慢回来

今夜　是这样的安静　妈妈
巨大的水杉的影子真美
它们的树叶铺满地表和我的心
妈妈　妈妈
远方如同融化的黄油　行李已经打包
我将离开土地和稻田
我或许不再回来　我或许不再回来

今夜　是这样的安静　妈妈
一万辆车子都悄然无息了
月亮在云层后被扼住了喉咙

妈妈　妈妈
他们的故事从不包上书皮
而身体就像春天的茧
我从来没有懂过　我从来没有懂过

今夜　是这样的安静　妈妈
我像被拧紧的报时钟
他们都是　世界是个钟表集市
妈妈　妈妈
我的耳朵好吵好吵
我听不到蝉最后离开土地的声音
露珠滑落荷叶的声音
我不再听到了　我不再听到了

今夜是这样的安静　安静
今夜是这样的喧嚣　喧嚣
妈妈　妈妈
我想我的鞋子粘上泥土
我想葡萄的紫汁滴落在衣上
我想月亮依旧是金色的剪子
今夜是这样的安静
今夜是这样的安静

2017年6月21日

世间事

姑娘，没有什么是正确的，
河流有时会朝西走，
你看他们却说，水朝东流，
谁也不曾看看，
在那高山之上，水润万物而去，
在山下的人啊，
常常对山上之人轻笑！

姑娘，没有什么是错误的，
有时候忍冬花会在春天开，
五月也会飘起冷雪，
人们常常找到真理，
泡桐叶却有两面，
一叶纹理分明，一叶蔽目，
人们时常选择一种！

姑娘，没有什么是真理，
人皆自以为真，
孝顺，傲慢，勤奋，残暴和诚实，

不伦，谦卑，懒惰，善良和狡诈，
人世间的星星也变了，
为面包涂上果酱吧，
甜蜜的味道可不会骗人！

姑娘，你要欢笑着走路，
趾高气扬也好，踮起脚也好，在风中转头也好，
你看到的世界不是你看到的样子，
在尘世的一切风暴里，
成为那个不会褪色的人，
像向日葵一样，
阳光正好，你要大声地笑！

2017年4月22日

鸟和人类

如果你要飞翔于旷野
亲爱的，不要忘记羽毛的颜色
谁也不能改变春天
不，不对
或许有，比如你死去了
但羽毛的颜色不变
黄色的，蓝色的

我曾拥有你，我以为
筑起了巢，会有许多日幸福
那面玻璃墙是巨大的
世间巨大的东西好多
权力，金钱，父母的爱
一切只是羽毛似的轻
只有天空是小的
翅膀从来大过天空

我要在水中飞翔
我要在火中飞翔

我要在梦中飞翔

我要在你离开的世界飞翔

我要在玻璃，柚木，红酒和她的眼中飞翔

如果你要飞翔于人类

亲爱的，你要小心

人类是天然的网

我们的爱也是

你的羽毛是黄色的

你的爱是蓝色的

而世界是黑色的

2017年4月4日

我们似乎才开始……

如此悲伤的一天
雁群正在北归
有许多回乡人在路上
还有一些人永远不再归家
暗夜里没有一颗星
也没有一朵花会开放
夜海棠早早枯萎
美好善良和爱
在旧年的海面上浮沉
车轮代替了马蹄
爆竹声失踪
红包虚拟
门板上的粉笔不再丈量身高
倒是庙里依然是满满的人
似乎只有这么一天
所有的灾祸、邪恶还有不义都会忘却
我们正在开始
年是个兽
把中国人归于虚无

2017年12月7日

在黄昏

电影只有四幕

街道、谎话、西蒙的钢琴还有游船

那个漫长的楼梯

走了足足九个年头

爱没有短长

人生也是

有时候你觉得长如一个噩梦

又有些时候短得像一声轻笑

别嘲笑

他爱得肤浅

人皆活于黄昏

2017年2月11日

寻找第二次机会的人

所有人都和解了

冬天和夏天

盾和矛

刘邦和项羽

水和火

存在和幻想

流星和恒星

昨日之我和今日之我

光明和黑暗

欢愉和悲伤

动荡的岁月和平静的岁月

凋零和盛放

绝望和希望

病毒和杀毒剂

星空和山谷

天堂和地狱

海洋和大陆

蛇和鼠

空和满

平庸和杰出
我想弥合一些伤口
或者用火
或者用酒
所有人都和解了
没有什么是真理

2016年12月20日

一个生日

他们说应该有个蛋糕，
那把黑色的吉他正在弹唱郑智化，
绿色的啤酒瓶子滚了一地，
是时候忘记一些旧事了，
别说话，别说话，
只要继续喝下去，喝到那个老头让我们走人。

过去我们写信，或者编一则BP Call，
有时候会约好听一个公共电话，
那个时节一切都慢，
等一个电话慢，等一封信慢，等一个日子慢，
哪儿像如今，哪儿像如今，
明日一瞬而至，今时匆匆如打开水笼头。

时至今日，已是惘然，
那个旧酒吧关门了，
那些老歌也不再有人吟唱，
应该还有人在等待某些往日的东西吧，

人生就是风中的易拉罐，

它往前去，它往前去，终空空荡荡。

2016年8月29日

诗意消亡之时

她为他打伞遮住细雨
一个馒头或者一片面包
她弹一把Patt Lister的吉他
好听的是人生之达意
木刺刺入身体
一切回到从前
爱不是今日如何
是一日日空气、水和三四盘旧肴

2017年3月7日

河边日子

登云桥下女孩唱着情歌
她的胖男孩卖着鲜花
有些路人会买走一把
大部分还挂在花架
女孩　女孩　你唱到喉咙沙哑

春锄们飞得轻盈
有白色的　黑色的　褐色的
她们也会歌唱或者嘶鸣
有时候鱼虾肥美且多
这条运河是活着的意义

对面书院屋檐上枯草又绿了
冬天下雪的时候黑瓦白得好看
至于秋天满街会飘起黄叶
猫倒四季如常
只是在夏天会更懒一些

拱宸桥的石阶磨坏了很多鞋

孩子们在上面跌撞不停
胖女人追不上她的泰迪
槐树下白衣人操着琴
河水护着时光往前行

城管会拦下骑车的人
消防栓物业一个时辰看一回
廿四小时书屋的灯从未熄灭过
外卖的小哥枯坐等生意
我写着字　遇到不过一杯茶

2018年6月8日于遇到你要的时光茶香舍

你好　本杰明

桃花开了　梨花也开了

鱼尾葵还在焦虑

你出生的那天　我并不在

就像这些花的季开

山野还荒芜

我只是饮了一杯故酿

一朵　两朵　三朵

酿酒的时日无多却苦

山野上　枯叶春

江河湖泊　日月星辰　悲欢离合

若你是我　若风是雨　若明日是今日

我却还是欢喜你

孩子　孩子

欢笑吧　哭泣吧　踩下世界吧

桃花和梨花残章

我抱着你咏歌

拥一江落花

2018年3月16日

云走得那么慢

我走得那么快

茶馆的事

手表荡过十二点

秋千的对面

凉风像棉花糖有点黏

青椒和炒蛋香得仿佛夏天

我相信一个故谚

深夜茶馆收纳茶和盐

飘飘荡荡如云彩在悠闲

朋友啊朋友

我想在旧纸上为你记下留言

2017年8月13日

李　白

我大概知道所有的错误都是海绵和纸盒
我大概知道一切的太阳和月亮全是规律
我大概知道自行车和宇宙飞船一个样子
我大概知道白衬衫和黑衬衫的扣子不同
我大概知道没有什么出离过出生和死亡
我大概知道如何饮一杯酒和不饮一杯酒
我大概是想唐朝的长安和汉时的洛阳的
那时候的酒不烈
会饮三千杯
直下五万年
我大概知道
轻是最重的
大地轻盈
万物方长

2017年7月22日于遇到你要的时光茶香舍

无　声

我将进入荒芜

平静的星空和人类早就合二为一

宁静是虚伪的邪恶的伪装的

写字楼在燃烧

煤气瓶在爆炸

自由的意志在变成泡沫

呐喊在铁房子

也像棒球投入棉花被

我们是荒芜的一部分

我们是荒芜本身

2017年6月15日

花园消失了

谁也不可让我死亡
谁亦不能改变我
在春天和海岸线之间
我不会犹豫也不会彷徨
人间的花园不多
合适的咖啡馆也很少
那些曾经伤害过我的爱过我的
或者遗弃以及不屑的
只是飞扬的种子
它们时而喧嚣时而宁静
我都愿意记录在宣纸之上
也愿意它们找到归宿
大海归于大海
人类归于尘土
我们在绿草如茵的世间行走
人间又有什么灾祸值得记取？

2017年6月13日

窗口的女人

首饰这些东西时而轻时而重

和人一样，和羽毛一样，和石头一样，和种子一样

可飞于天也沉于水

但如果没有了希望

或者没有了爱

种子长不出土地

石头不会是墙与石阶

羽毛构不成华服

人亦只是肉骨与水

大地会需要人、羽毛、石头和种子

首饰这些东西时而重时而轻

我们在太阳上观照

在月亮上抿嘴而笑

只有一个女人闭上眼睛

首饰，是羽毛

2017年6月7日

有些花快要死了

巨大的麦田快要死了
成群的掠鸦快要死了
大片向日葵快要死了
黑郁的海浪快要死了
吃土豆的农民快要死了
无人的咖啡馆快要死了
奔驰的牛群快要死了
玩木马的孩子快要死了
茂密的春天快要死了
高更的摇椅快要死了
欢娱的人群快要死了
死是未死之生
生才是死的真相

2017年4月19日

不知鱼去了哪儿

如同一个默默行走的人
脚步轻缓成流沙
她的目的地并不明了
没有相机，白色笔记本记事
船停泊在沙地上
星星停泊在河面
影子停泊在天空
女人停泊在黑裳
我的乏味的诗词呢
二〇一二的伦敦是遥远的
一把木梯子连接些什么
有些窗户打开着
她剪了短发
在一个路口向左或向右
潮湿的沙漠绵长如江
那风暴是温柔如春天的

2017年3月21日

食之光

食物是温暖的
冬天是温暖的
我想起当我躺在冰雪之上
孩子偷笑
你不知道一个雪糕的温度

2017年3月2日

从前的故事

我在洒满阳光的庭院

身边空无一物

一片花和一片落叶都是多余的

除了一条柚木长凳

我的手臂搭在椅背之上

仿佛有一个人端坐

梧桐树开始发芽，海棠花也是

一切为时不晚

又为时尚早

从前总是不紧不慢

爱和生命都是一片无人追逐的云彩

2017年2月26日

为 了

一个人烤一盘牛五花

一个人看海在哭泣

一个人喝一瓶獭祭

一个人面对一座城

一个人迎向黑暗

一个人笑对嘲讽

一个人在神社洗手

一个人害怕爱情

一个人出离本体

一个人读一本旧书

一个人下海去

一个人飨饕故事

一个人梦

一个人走

一个人宣告一个世界

如果一个人是世界的尽头

为何不孤独终老

2016年12月8日

观

看那波光粼粼，
看那人生丰瘦，
看那梧桐荣枯，
看那岁月轻茂，
看那云走云舒，
看那爱冷情热，
看那石头驳裂，
只想慢语一句，
愿所有夜晚，
你有轻暖的梦。

2016年12月2日

这样的一天

云走得那么慢
我走得那么快
时光像颗水蜜桃
新鲜日子短如白隙

2016年10月2日

月亮之下

是那口苍井
我和姐姐一起在井边看过月亮
是那架葡萄
透过虬枝
所有的月光流水泻下斑驳泥地
是那双红烛
穿过火焰燃起满月风中摇曳

我和月亮有过一些过去
它鹅毛般长的时候
它忽明忽暗的时候
它流泪欢笑的时候
它盈而又缺的时候
几千年了，它周而复始
人类也如出一辙

月亮照看所有人
幸福的和不幸的
年老的和年轻的

在大地上奔跑的和躺在病榻上的
今夜我看着月亮
月亮上有众生静默

2016年9月15日于中秋夜

茶的故事（五则）

绿茶

是那一年清明时节，
青春犹未散场，
在透明的玻璃世界里，
绿色精灵舞蹈，条索如马蹄莲，
再饮一杯，再饮一杯，
我们开始，我们不结束……

白茶

寿眉，贡眉，白牡丹和白毫银针，
它们会萎凋，会陈香，会带上芬芳，
可它始终和最初的爱一样坚强，
世界应该是白色的，
虽然大部分时候黑色重重……

青茶

发酵是苦的，
葡萄发酵成酒，是苦的。
发酵是苦的，
生命发酵成长，是苦的。
发酵是苦的，
如同一切改变是苦的，
它却不一样，
它慢慢地，慢慢地，
一天，一月，一年，
有那么一天，
兰花香来了，蜜桃香来了，桂花香也来了，
它在茶盏中欢笑，
如一个长不大的纯真女孩。

红茶

Black tea，Black tea，
黑色的红，红色的黑，
在喜马拉雅山脉，或者云南的丛林，
武夷山的某个山坡之上，和遥远的肯尼亚，
从绿色到红色，

红色就不再变过，
它在人间走了一回，
舍却了大部分人生，
我想轻轻告诉你，
人生似红茶，少才是多。

黑茶

很多歌颂是虚伪的，
他们曾经歌颂的伟人，
他们曾经歌颂的作家，
他们曾经歌颂的时代，
他们曾经歌颂的美貌，
但我要歌颂你，
在那氤氲的茶气之中，
在绯红色的水中，
灵魂如果不经过煎熬，
就不完全，
而你煎熬了几千年。

2016年9月4日

所有之爱

飞机轰鸣，年轻人的梦想轻狂，

如同咬下一口苹果，

酒瓶是正确的，

丢在地面上东倒西歪，

白色炽光灯生病了，一会儿亮一会儿暗，

我们将在到达那个大湖之前将息，

一切光明的，

终将光明，

而黑暗的，

也一样，

在死亡之前会歌唱光明。

2016年9月2日

当我想起你

当我想起你，
你的白色衬衫干干净净，
扣子仿佛星辰，袖子是云朵，你若清风化去，
我也会不想你，
一点也不想你，
人群如屋下椽头
那么多，那么多，
压倒空虚的支架。

当我想起你，
或者不想，都有些困难，
太阳正在升起，环卫工人冲刷门头，
在昨晚的纸上，墨色浸透，
我不想记起，
在街上路人欢笑，
欢笑像纸片一样轻盈。

其实都过去了，
草萎了，

花瓣掉了，
秋天目送了夏天，
当我想起你，
星群便从乌云之后闪现，
大地轰鸣，
当我不想你，
一切都变轻了，变轻了，
轻如脱去一身湿透的衣裳，
或者像夜莺在春天凄鸣。

2016年8月25日

秋 天

整个夏天，没有一只知了，停止叫唤，死亡在夏
　　末降落，它们从不逃避；
整个夏天，最后那片荷叶枯萎了，花总比叶先凋
　　零，叶的爱才深沉。
整个夏天，我都在唱一首歌，一首终会停歇的
　　歌，哪怕嗓子成沙。
整个夏天，是整个夏天，
我们可以收获莲蓬，西瓜和李，
汗水和灼热的脚底板，
不能收获的，我们等待秋天，
整个秋天，会有夏天种下的所有谜题，
结出果实……

2016年8月23日

我想让心变得柔软一些

我想让心变得柔软一些，别误会，它曾经也不坚硬。
我曾经在三月抚摸一把种子，散落田间，
麦穗的尖头坚硬又会被风拂得弯曲。
我想让心变得柔软一些，别误会，它的确在一些
　时候坚硬，
灼热的沙子穿过脚尖，海岸线漫长，天际遥远，
直到精疲力竭。
我想让心变得柔软一些，有时，梦中，哭泣之后，
电影胶片是柔软的，阿黛尔的歌是柔软的，陈老
　莲的画是柔软的，米沃什的诗是柔软的，米饭
　是柔软的。
我想让心变得柔软一些，只是柔软一些，
只是柔软一些，
所有人批评的时候，
所有人杀戮的时候，
所有人谩骂的时候，
世界冰冷，
我想让心柔软一些，是它本来的面貌。

2016年8月16日

生 死

昙花枯萎，黄雀坠地，
活在土地之下或天空之上，
活得长久或短暂，
活成灿烂或无声无息，
死神永恒，
来时轻易如翻书页，
生如巨石，步步维艰，
活下去如昙花亦如黄雀。

2016年8月12日

将行酒

执笔仗剑欲裂城，轻裘烈驹踏太平。
乘风吟曲思旧人，一觚浊洒慰故谐。
尽余欢，尽余欢，嗟吁呼，今需愤。
终将功名书万卷，步日追月济苍生。

2016年8月9日

空　谷

江山从此寂，万壑就此流。
生灵不复归，谁解千古愁。

将 归

我欲仗剑去，环宇无踪寻。
谓我心忧者，长夜亦戚戚。
又念药师醉，离人魂不归。
他人慷而慨，花眠君憔悴。
若得伊人心，何患艰与谤。
青史已留名，不如乘风归。

2015年11月

锦城寻先生不遇

草堂万木枯，茅棚银杏落。
柴门空对溪，仙人沽酒去。
残盏伴瓷鼓，古楠罩茶台。
吟声不复在，空余鸟鸣林。

访桃花源不遇

大庸藏万仞，青岩云谲腾。
险峰三千三，不见武陵人。

2015年12月19于袁家界

与屈夫子语

天目高且远，宇宙藏洪荒。

欲去冰与火，千古独彷徨。

踏歌酒满觞，且饮一杯亡。

人若知我望，何谓我心狂。

2015年1月

与友酒

故友相逢，人生当歌。
极日将至，何患有生。
旧曲盈耳，新人苦多。
且忘仇怨，但饮新酒。

我只是走了十八年

你听　你听　运河的声音还是一样
激荡有时　呜咽有时　平静有时
我们一起走过呢
兄弟　你有一天扔了很多石头入河
这城市啊　我爱它
你哭了你也笑了
我觉得丢掉的　易拉罐就是你我
我们空空荡荡　我们一无所有

这样就走了九年　然后又是九年
那时候的红灯区早就不见了
叫姗姗的老板娘也不知所终
翠柳多了许多　高楼更多　茶馆也不少
你却常常说　不好　不好
你要走了　你要离去
我知道　我留不住你　你的灵魂是北方的
我说　我们还有些属于这里

在运河边　有许多故事

帝王来过　走卒也上过拱宸桥
青衣步履蹒跚　脚夫脚法沉重
我们曾经走过很长一段路
既没有牵手　也不拥抱
许多年前的爱情据说就是这样
你傻傻地看着河写情书　情书始终未寄送
那个绿色的邮筒发锈　却温暖如簧

我只是走了十八年
我只是走了十八年
那时候刘若英叫奶茶　她没有后来
蔺燕梅爱童孝贤
老李弹吉他　他常常唱到沙哑
螺丝很好吃　啤酒只要一块二
我只是走了十八年
我常常想回家来

我常常想回家来
去假山路上看一看教室还在不在
去租过的第一个房子看下晒台还好吗
去丢过酒瓶的河边走一走
去哭泣过的酒馆再喝上一杯旧酒
我只是走了十八年

我只是走了十八年
归来不是少年
少年不再归来

2018年4月29日于杭州

没有梅

没有荷花和莲花
夏天寂静
像是风吹过喜马拉雅之巅
智人昏聩
并没有搞清楚当下和未来
梅花有很多种
冬天有太多态度
她的头发是蓝色的　是黄色的　是黑色的
没有哪口井通往天堂
所有的谎话是气球
所有的真话是土地
从三十层楼落地
或者从一辆吉普上跳落
我拧断了绳索
绳索却依旧纠缠着我
没有一朵花会被大地困住
没有一丝风会被天空困住
我被你囚禁了

在最末的一个夏天

夏天没有梅

2018年6月3日

大　嘴

欢笑吧　女孩

在海边　在石窟　在冰冷的雪山　在撒哈拉

在暮春　在迟夏　在三点的上海　在午夜的城市

在钓起一尾鱼　在沙子进入外套　在雨水打湿黑发

在2018年的秋天　在未来的时光里

在遇到灾祸之时　在艰难时日里

欢笑是观照自己的礼物

女孩　大嘴的女孩

我爱欢笑的你

胜过太阳照抚忍冬花

清风亲吻湖面

蟋蟀于废墙欢歌

云雀飞入云彩

一切秋天和最后的冬天

2018年夏日

你要走的时候告诉我

我在762号喝酒
潍坊路那个日本料理　女人坦胸露背
对面滨江豪庭的妇人在遛狗
我要走了　我要走了
我喜欢这里的生活呢
好看的车子经常停在门口

孩子跌在水池　还有那条金毛
我说我们要个水池
养些莲花和金鱼
如果没有人说不要小心
我会笑笑
我会欢笑说　你要小心　你要小心

潍坊路上的垃圾很多
工人们正在浇注马路
我前些年来过　开车像个屠夫
有些豪宅里住着猪
他们不敢开快车

他们就像皮条客

我喝了三种獭祭
老王说马肉新鲜我却觉得有些问题
月光温柔温暖温厚
我在这里看着马路油亮
爱是你
你却荒芜

2018年3月20日

你是十三月

一月进了山

二月大雪封了路

三月梅花开好了

四月冰雪消融裸了地

五月爱荒芜

六月情未到

七月喝下一杯龙舌兰

八月天空裂开了

九月树懒在长大

十月荷花连着莲蓬没着落

十一月小龙虾很好吃

十二月你赤脚走在地板上

我们没有十三月

十三月是海棠没有香

2018年4月3日

断裂的生命体会长出新的茧子

《城中书》这个书名，我想见证了我的一点进步。

自2011年开始不间断的诗歌创作——最早她只是我在小说和田野调查里的佐料——到现在开始几乎每两年一本诗集，诗歌反而成为我表达情绪的最主要方式。

在一次采访中，采访者问我，诗歌对于我的意义，我说，诗歌让我觉得活着。这两年，特别是2017年的诗歌，大部分是悲伤的，这种悲伤反而有某种不可抗拒的力量，让我感到我的心依旧会疼痛，我的痛苦那么真实……在这些年的生活里，我烧瓷器、制香、开茶馆，很多人觉得我玩得很好，只有我自己知道，生活没有那么光鲜。一个诗人，在现实生活中，也要考虑跟随你的那些人，怎么让他们活得更好，更有责任心，成为更重要的人；而另外，一切事物都有两面，你无法脱离社会而存在，你不得不妥协、屈合、求全、融入主流社会……我时常想起窗前的那株造型美丽而雄奇的五针松，我就是它，社会在我们的身上扎起了铁丝，挂满了铁线，改造了我们，我们不是我们，我们是他们的我们。唯独在诗歌里，我依旧是我，我为爱吟唱，为悲伤哭泣，为美丽赞叹，为失去遗憾，为社会愤怒，为不公鼓呼，为我看到而触动我的一切写作。诗歌就像溺水时的一根朽木，拯救了我。

生命不可能更好了！我对未来充满了悲伤，在我们有生之年，世界的危机正在以大海怒潮般到来。也正因为这样，诗歌是我最后的武器，我来对抗世界。诗歌是我的锚，我不想那么轻易被海浪卷走。

在我写作诗歌的这些年里，我要感谢夭夭、陈治碧、游兴霞、张顺、应琴、李卓华、王新凤、谢尔登、李妙、周靖波、周丽霞，以及他们的孩子陈泽瑜、陈泽琨、李逸恺、七七、李冰、周晟镛，是他们始终坚持让我拥有诗意；我还要感谢那些和我一起去过远方的朋友们，我三分之一的诗歌来自旅行，没有旅行，我想我的生命会缺乏鲜活的可能性；感谢本书的策划编辑周轶老师，联合编辑程川老师，他们为这本诗集付出很多，并提供了专业的意见；感谢我的好朋友画家李知弥先生，他的插画里有诗意。

我要感谢我的姐姐周玲红一家，她是最好的姐姐，在我不在父母身边的日子里，她和姐夫沈征强代我尽了儿子之孝，而我的外甥沈洲则让我的父母无比欢乐；最后我要感谢我的父亲周三毛、我的母亲徐妹娟，我说过，我所有的作品都源自他们，他们为我创造了一个新世界。

最后的最后，要谢谢那个正在阅读这本诗集到最后一页的你。我祝你胃口好！

周荣桥

2018年2月23日于上海遇到你要的时光茶香舍